2nd LOVE 2
Once upon a lie
Akimi HATA

NIDOME NO KOI WA USOTSUKI Vol.2
by Akimi HATA
© 2011 Akimi HATA
All rights reserved.
Original Japanese edition
published by SHOGAKUKAN.
French translation rights
arranged with SHOGAKUKAN.

Édition française
KAZÉ

45 rue de Tocqueville 75017 Paris
www.kaze-manga.fr

DIRECTEUR ÉDITORIAL
Mehdi Benrabah
TRADUIT DU JAPONAIS PAR
Satoko Inaba
LETTRAGE & MAQUETTE
Hinoko
SUPERVISION EDITORIALE
Saloua Okbani

DIRECTION ARTISTIQUE
Sébastien Rost
DESIGN
Clémence Perrot
RESPONSABLE DE FABRICATION
Julie Baudry

Achevé d'imprimer
Dépôt légal

L'Arcane de l'aube

Rei Toma

SÉRIE FINIE - **13** VOLUMES -

La Fleur Millénaire

Kaneyoshi Izumi

SÉRIE EN COURS

Le Chemin des Fleurs
Ako Shimaki

SÉRIE EN COURS

Kid's on the Slope

Yuki Kodama

SÉRIE EN COURS

Heartbroken Chocolatier
Setona Mizushiro

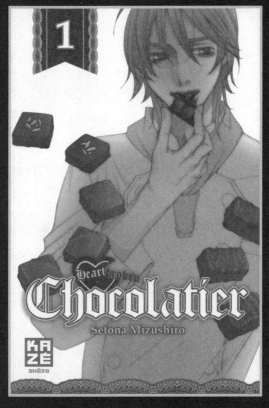

SÉRIE EN COURS

Happy Marriage ?!

Maki Enjoji

SÉRIE FINIE - **10** VOLUMES -

CE SERAIT POUR LUI ?!

Si Kiyoka a choisi un maillot de bain scolaire, une tenue d'écolière et une tenue de sport...

AH !

Ce hors-série a précédé la série principale. C'est l'histoire de Kiyoka, avant la création de la cantine.

Cet homme n'apparaît pas encore dans la série. J'espère l'y recaser un jour... Un jour... Zzz...

MERCI
À MON ÉDITRICE, SATOKO, LE STAFF, LA FAMILLE ET LES LECTEURS.

DE M'OFFRIR TON ATOUT "SPÉCIAL" AUSSI VITE.

C'EST LA PREMIÈRE FOIS...

EFFECTI-VEMENT, SATSUKI...

"JE VOULAIS RESTER PRÈS DE TOI, SUMI."

DÉCOUVRE-MOI ENCORE.

NE M'ATTAQUE PAS BRUSQUEMENT, MAIS AVEC SINCÉRITÉ.

JE VOUDRAIS RÉPONDRE À SA SINCÉRITÉ.

COMMENT ?

OUI...

MAIS...

LE PREMIER PRODUIT DE BEAUTÉ QUE JE ME SUIS ACHETÉ !

Un rouge à lèvres rose.

À 18 ANS, JE NE CONNAISSAIS RIEN À LA MODE...

Donnez-moi le plus mignon, ce rose, là !

APRÈS UN MATCH.

Un pinceau ? Bah, j'ai qu'à le mettre directement.

MAIS JE ME SUIS INTÉRESSÉE AU MAQUILLAGE.

MÊME EN ME TRITURANT LE CERVEAU, TOUT CE QUI VIENT À L'ESPRIT D'UNE "MADEMOISELLE MARC DE THÉ"...

C'EST JETER LES OBJETS SOUVENIRS.

TOUTES LES CHOSES QUE J'AI TRICOTÉES POUR NATSUKI...

LES MANGAS QU'IL M'A CONSEILLÉS...

ET ÇA...

SALLE DE RÉUNION

DE MON NOUVEL AMOUR...

C'EST TRÈS...

EMBARRASSANT.

L'ENTRETIEN...

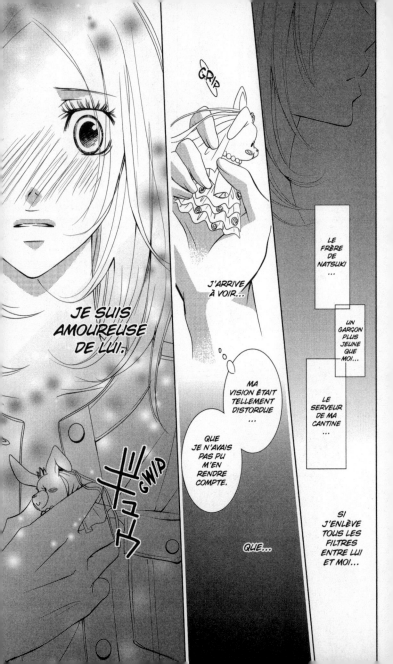

JE VOULAIS RESTER PRÈS DE TOI, SUMI.

"J'AI DÉCIDÉ DE FAIRE ABSTRACTION DE TOUS LES FILTRES...

D'OUBLIER MON ORGUEIL."

MEN-
TEUSE.

POUR LA PREMIÈRE FOIS, J'EMBRASSAIS LONGUEMENT SATSUKI.

SOMMAIRE A LA CARTE

MENU 5
The Ill-humored Boy.........3

MENU 6
The Crying Girl..............39

MENU 7
The Serious Boy..............75

MENU 8
The Running Girl..........111

Sumi Hasegawa

Satsuki Oba

Je te fais goûter une bouchée 147

Sumi a cultivé pendant dix ans un amour à sens unique pour Natsuki et se retrouve aujourd'hui desséchée comme du marc de thé. Effondrée à l'annonce de son mariage, elle parvient à se sentir mieux grâce à Satsuki, petit frère de Natsuki et serveur à la cantine de son entreprise. Elle se retrouve malgré elle à jouer un simulacre de couple avec ce dernier, mais finit par se reprendre en main et le quitter. Cependant, elle n'est pas insensible aux réactions de Satsuki…

ISBN : 978-2-82031-570-0